KB219993

모두 고맙습니다.

나는 세상에서 가장 행복한 오리

오둥이입니다만!

나는 세상에서 가장 행복한 오리
오둥이입니다만!

북로망스

작가의 말

안녕하세요.
이모티콘과 인스타툰을 그리고 있는 송 스튜디오입니다.
벌써 오둥이를 그린 지 2년이 다 되어갑니다.

하루하루 그림만 그리는 반복된 생활을 하다 보니
뚜렷한 목표를 향해 걸어가기 보다는
할 줄 아는 게 그림밖에 없어 주어진 상황에 따라
묵묵히 그림만 그리며 지냈습니다.

그런 제게 오둥이는 사실, 일회성 캐릭터였습니다.
이렇게 큰 사랑을 받을 줄도 모른 채로, 재미 삼아 그려보았던
캐릭터였고 꾸준히 작업을 이어갈 수 있을지 장담할 수도 없는
아이였죠.

그러나 오둥이 그림을 보고 재미와 꿈을 가지게 되었다는 팬
분들의 마음을 메시지로 마주할 때마다 용기가 생겼습니다.
그래서 더 큰 꿈과 열정을 품고 오둥이 시리즈를 이어나가게
되었습니다.

여러분들의 응원과 사랑으로 지금의 오둥이와 제가 존재합니다.
나아가 예상치 못한 기회로 책으로까지 여러분께 인사드릴 수
있게 되었습니다.

만난 적도 없는 제게 응원의 메시지로 끈을 이어주셔서 감사
합니다. 앞으로도 서로 보이진 않지만, 여러분들이 이어주신
끈을 모아 하나의 실뭉치가 되어 보려고 합니다.
그래서 더 큰 다짐과 애정을 품고,
앞으로도 오둥이를 그려 나가겠습니다.

감사하다는 말로는 부족하지만, 감사합니다.
여러분께 오둥이가 언제나 늘,
긍정의 기운을 퍼뜨리는 오리로 남길 바랍니다.

송 스튜디오 드림.

차례

■ 프롤로그
■ 캐릭터 소개

Chapter 3 모든 순간에 행복이 있어

오둥이는 혼자였습니다.

혼자였어도 자신을 사랑하는
오둥이는 외롭지 않았습니다.

"그래도 나는 나를 사랑하지!"

그러다 문득 진정한 자신이 누군지
궁금해지기 시작했습니다.

"나는 나를 사랑하는데..."

"그런데 난 뭘까...?"

아기 병아리

삐둥이

가족들과 소풍을 가던 중 구덩이에 빠져
혼자가 된 아기 병아리 삐둥이.
혼자 남은 삐둥이는 오둥이를 만나 함께 여행을 떠나게 된,
오둥이의 둘도 없는 친구예요!
멋지게 하늘을 날고 싶어하는 씩씩하고 꿈이 큰 병아리 삐둥이.
오늘도 함께할 수 있는 친구가 있어 행복합니다.

#꿈은_크게 #행복은_소소하게 #함께하는_힘을_믿어요

Character

행복한 오리

오둥이

오리 무리에서 떨어져 혼자가 된 오둥이.
표정 변화가 거의 없고 댕청해 보이는 멍한 눈을 가졌지만,
누구보다 자신을 사랑하고 감정이 풍부한 오리입니다만!
오늘도 소중한 친구와 함께해서
오둥이는 그저 행복합니다.

#무한긍정 #lovemyself #행복은_언제나_가까이에!

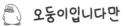 오둥이입니다만

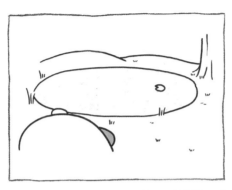

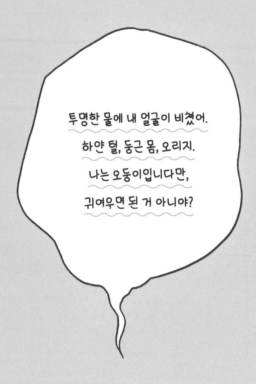

투명한 물에 내 얼굴이 비쳤어.

하얀 털, 둥근 몸, 오리지.

나는 오둥이입니다만,

귀여우면 된 거 아니야?

예상치 못한 행복

(킁킁)

(허겁지겁)

나비를 따라 숲을 헤매다 보니

처음 보는 곳에 도착했어.

길을 잃어서 당황했는데,

눈앞에 달콤해 보이는 열매가 가득한 거야.

허겁지겁 먹고 나니,

마음이 편안해져서 그냥 풀랑 누워버렸어.

기분이 좋아.

때로는 길을 잃은 것 같아도 그게 아닐지 몰라.

예상하지 못했던 행복이

다가오는 신호일지도!

빗방울

차가운 빗방울이 머리에 톡, 톡, 톡

떨어지더니 쏴아아 비가 내리기 시작했어.

넓은 숲에서 비를 피할 곳은 마땅치 않더라구.

그렇게 걷다가 작은 동굴 하나를

겨우 찾게 됐어.

콧물이 나긴 했지만,

비도 막아주고 추위도 막아줘서

어쩐지 안락한 기분이 드는 동굴이야.

무지개

찰박

찰박

시간이 얼마나 지났을까?

빼꼼 고개를 내다보니

한참 동안 비가 내리던 하늘이 맑게 개었어.

이제 세상은 나의 놀이터야!

작게 고인 물웅덩이를 찰박찰박 건드려보니

무지개가 떠올라.

내가 걸어가야 할 길의 끝에 무지개가 있어!

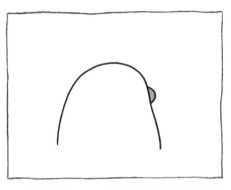

휙

책

(꼬르륵)

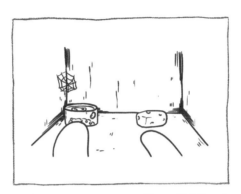

나를 찾는
여행..

팔락

어두운 산속에서 찾은 불 꺼진 오두막.

용기 내서 안으로 들어가봤어.

아무도 없었지만, 왠지 재밌는 걸 발견할 것 같은 기분이라

이곳 저곳을 살펴봤더니, 짜잔!

"나를 찾는 여행"이라는 책을 발견했지 뭐야.

어쩌면 말야.

우리는 매일매일 '나를 찾는 여행'을 떠나고 있는 건 아닐까?

밤은 어두워졌지만, 그럴수록 달은 더 선명해져서

나는, 정말 행복했어.

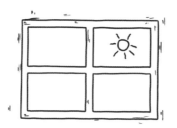 만남

주섬

주섬

우리는 가끔,

예상치 못한 곳에서

운명을 만나기도 해.

동행

졸 졸

(같이 갈래?)

끄덕

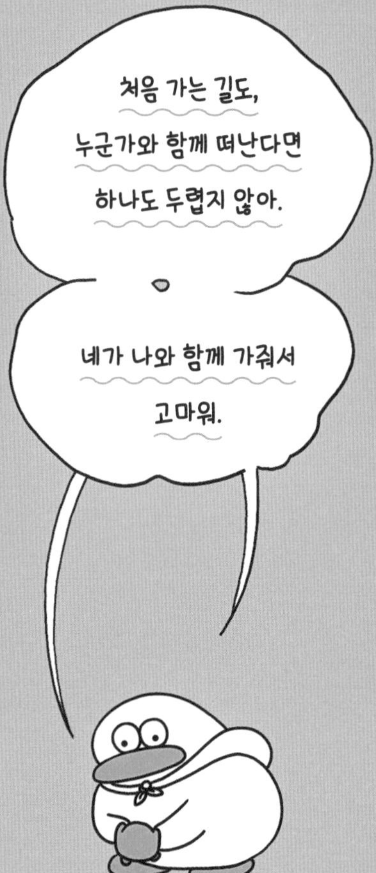
처음 가는 길도,
누군가와 함께 떠난다면
하나도 두렵지 않아.
네가 나와 함께 가줘서
고마워.

어제는 비가 왔지만,

오늘은 날이 좋아.

그거 알아? 비가 올 땐 세상이 어둡지만,

비가 그치면 세상에서 가장 아름다운 무지개가 떠.

예상치 못한 비가 내려도 걱정하지마.

잠깐 옆길로 빠져나와 달콤한 열매도 먹고,

새로운 친구도 만나라고

날씨가 힌트를 준 걸지도 몰라!

어제까지 혼자였다면,

이제 같이 가자.

안녕! 나는 귀여운 오리, 오둥이입니다만!

📖 초상화

내 얼굴이 어떻게 생겼는지 알아?

그냥 둥글기만 한 건 아니라구.

하얗고 복슬복슬한 털에

미소를 감춘 부리

그리고 반짝반짝한 눈까지!

너에게도 나처럼 숨은 매력이 있냐고?

당연하지!

그걸 잘 찾아봐!

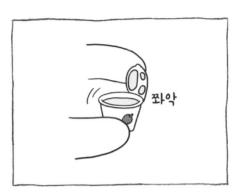

요거트

뽁!

(할 말 잃음)

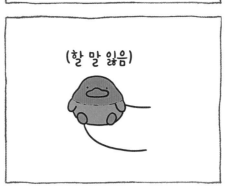

 식빵

나는 절대 가질 수 없는 귀여움을
너는 쉽게 가질 때가 있더라.

조금 부럽지만,
더 많이 사랑스러워.

오늘도 너는 내 식빵을 빼앗아 먹었지만
흔쾌히 용서해줄게.
너와 같이 있는 모든 순간이
내게는 더 큰 행복이니까!

(방가)

가만히 있어도 좋아

벚꽃놀이

(벚꽃 한가득)

유후

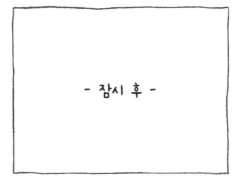

- 잠시 후 -

너저분

너저분

너와 함께 있으면 행복한 순간은 매일매일이야.

봄에는 벚꽃을, 여름에는 바다를

가을에는 단풍을, 겨울에는 눈밭까지.

가는 곳마다 웃음이 넘쳐나.

난 정말, 세상에서 가장 행복한 오리라니까!

풍선껌

🧢 모자

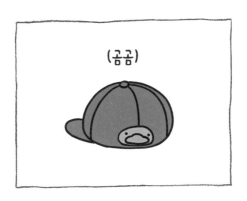

(곰곰)

(찌푸)

숟가락
(아자!)

(부들 부들)

🥛👆 더위

시원한 얼음을 생각하고 연 냉장고.
이미 냉동실 안은 네가 먹어버려서
텅텅 빈 얼음 트레이뿐이야.

당황스러웠지만, 푸후후 웃음도 나.
작은 너는 이런 사소한 일상에서도
나를 웃게 해!

존재만으로도 행복하다는 게,
바로 너를 보고 하는 말일까?

그런데, 내 땀은 좀 닦아줄래..?

다이빙

폴짝

116 ,, 117

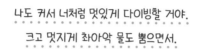

나도 커서 너처럼 멋있게 다이빙할 거야.
크고 멋지게 차아악 물도 뿜으면서.

지금은 비록 아주 작은 물장구지만,
두고 봐, 나도 어른이 되면 분명히
세상에서 가장 멋진 다이빙을 하고 말 테니까.

우리는 늘 서로의 곁에 있어

두리번   두리번

어딨어!

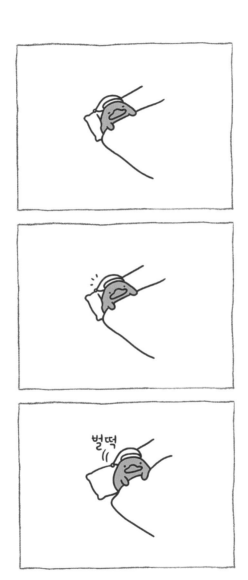

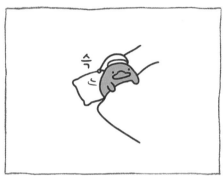

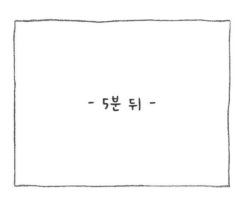

- 5분 뒤 -

신발

어디 보자

빵 발견!

드디어 빵을 발견했다!

우리는 언제나

서로에게 가장 좋은 친구이자 동료야.

빵 한 쪽도 나눠 먹는다구. 그렇지?

...그런데 저 빵

너 혼자 다 먹을 건 아니지?

나눠 먹을 거지? 그렇지?

기다리면 지나갈 거야

비만 보면
괜히 울적해져...

(지그시)

기다리면 울적함도
지나가지 않을까?

그럼 기다려보자!

정상

(조금만 더!)

너는 항상 내게 큰 존재야.
함께 있으면 든든하고,
행복하고 웃음이 나.

그런데도 가끔은 더 빨리 성장해서,
너처럼 큰 존재가 되고 싶어.

네 옆에서 너와 똑같이 멋진,
그런 친구가 되고 싶어.

🥫 탄산음료

(지그시)

날다

우와

머..머찌다!

읏차

날고 말 거야!

- 잠시 후 -

터덜 터덜

깜짝

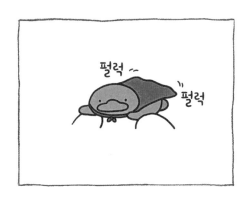

나를 날게 해주는 친구는
너밖에 없어.
내 꿈을 이루게 해주는 친구도
너밖에 없어.

나중엔 꼭 내가
너를 날게 해줄게.

그때는 우리, 같이 날자.
하늘 높이, 저 멀리.

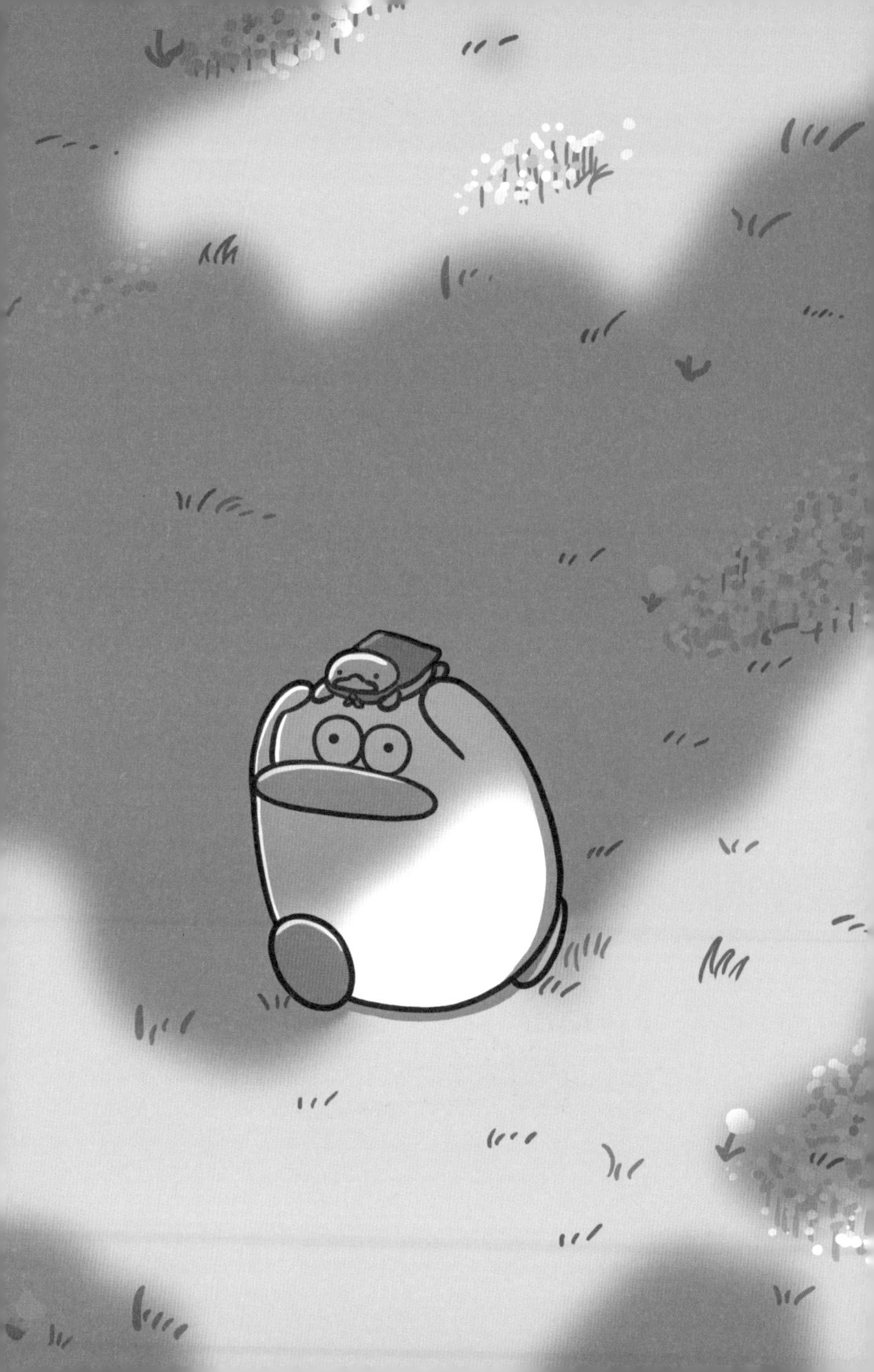

🫧 간지럼

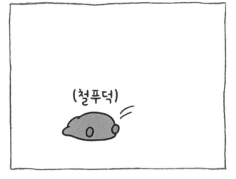

Chapter 3

**모든 순간에
행복이 있어**

나, 너 그리고 우리

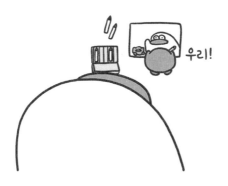

 의사

(의학 드라마 보는 중)

(멋지다!)
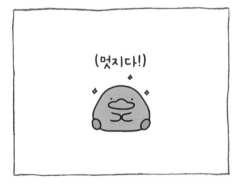

쾅당

(의사 출동!)

(감동)

-잠시 후-

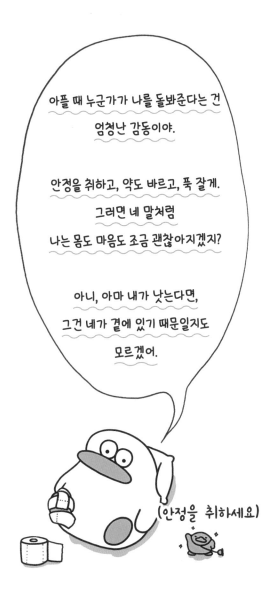

아플 때 누군가가 나를 돌봐준다는 건

엄청난 감동이야.

안정을 취하고, 약도 바르고, 푹 잘게.

그러면 네 말처럼

나는 몸도 마음도 조금 괜찮아지겠지?

아니, 아마 내가 낫는다면,

그건 네가 곁에 있기 때문일지도

모르겠어.

(안정을 취하세요)

목걸이

(곰곰)

접착제

반쪽

일상에서 배려를 받으려면

나부터 상대에게 베풀어야 한다는 것.

너를 보고 다시 한번 깨달았어.

내가 나눠준 빵 한 조각을 잊지 않아줘서 고마워.

소중한 마음을 다시 나눠줘서 고마워.

🐢 끼릭끼릭

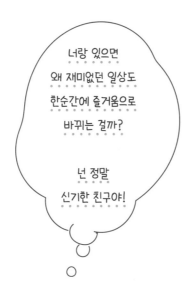

쩝  쩝

앤

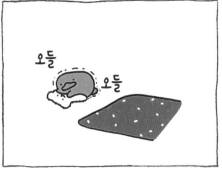

🧸 인형

탈 탈

(울먹 울먹)

세상에서 가장 소중한 너에게
줄 수 있는 게 없을 때, 제일 속상해.

내 것을 떼어서라도 네가 기뻐한다면
나는 기꺼이 줄 수 있어.

내 털로 만든 곰돌이 인형이라도
너만 좋아한다면,

나도 좋아.

오둥이 털

그래도 나중엔, 더 좋은 걸 네게 줄게.

세상에서 가장 좋은 걸 줘도

부족한 마음이야.

진심을 전하다

우왕

(흐뭇)

🍠 군고구마

(따뜻)

(끈침)

(힐끔)

(검둥 검둥)

쩝 쩝

✏️ 유성매직

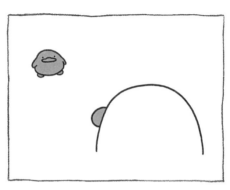

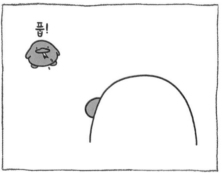

푺!

(웃겨서 뿌듯)

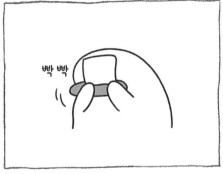

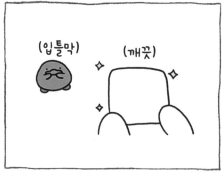

(충격)

털썩

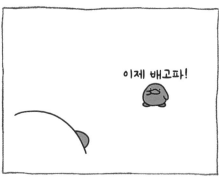

배고파?   심심해?

항상 고마워~
(꼬옥)

🍯 꿀

꿀이라는데 선물 받았어

?(그거 뭐야?)

열어보자!

(궁금)

(띠용)

(이.. 이 맛은?)

-15분 뒤-

(배부름)

(달다~)

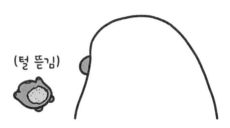

(털 뜯김)

(꿀꺽)

(얼얼)

(시끄러워!)

너의 모든 것을 좋아하지만

코고는 소리만큼은...
내게 너무 강력해!

그래도 떨어져 자기는 싫으니까

이쯤에서 타협하는 게 어때?

눈더미

(샤랄라)

주섬   주섬

(어이없음)

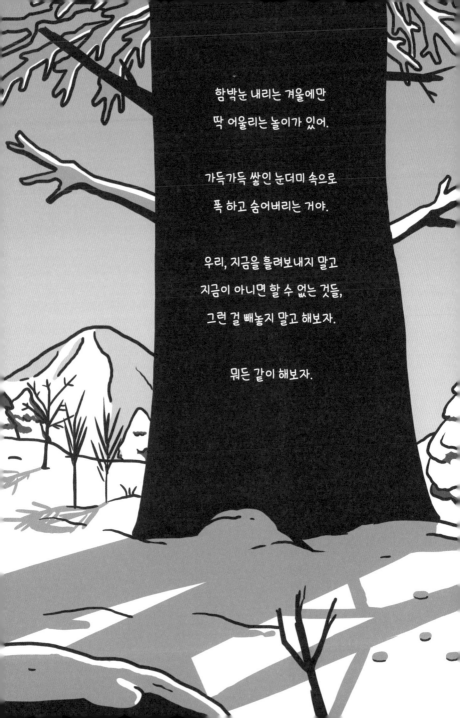

함박눈 내리는 겨울에만
딱 어울리는 놀이가 있어.

가득가득 쌓인 눈더미 속으로
폭 하고 숨어버리는 거야.

우리, 지금을 흘려보내지 말고
지금이 아니면 할 수 없는 것들,
그런 걸 빼놓지 말고 해보자.

뭐든 같이 해보자.

나는 세상에서 가장 아름다운 우리
오늘이랍니다만!

내가 초라해 보일 때

난 왜 이렇게 작은 존재일까..

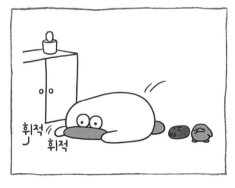

🧸 선물

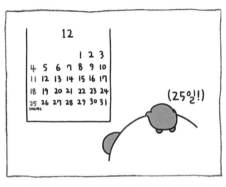

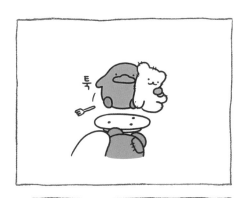

난 줄 선물이 없는데..

(미안)

너만 있음 충분해

(진짜?)

나에게 선물은

너라는 친구 하나면 충분해.

내 친구가 되어줘서 고마워.

오늘도 나랑 놀아줘서 고마워.

내가 필요할 때 옆에 있어줘서 고마워.

별똥별이 떨어질 때, 소원을 빌었어.

너랑 오래오래 놀게 해달라고!

난 그거면, 정말 충분하니까!

오둥이는 진정한 나 자신을 찾기 위해
여행을 떠나기로 결심합니다.

"앞으로 가보자!"

하지만 여행을 하다보면
힘들고 지칠 때도 있습니다.

"끄응..."

그러다 뜻밖의 인연을
만나기도 합니다.

"어라? 너는..."

처음으로 함께할 수 있는 인연이 생긴
오둥이는 행복이라는 감정과
자신을 알아가기 시작했습니다.

"하나뿐인 내 편!"

"내 친구!"

오둥이입니다만
ⓒ 송상수, 2023
ⓒ 2018. IT'S YOUR PRIMETIME Inc. all rights reserved.

초판 1쇄 인쇄 2023년 2월 1일
초판 1쇄 발행 2023년 2월 10일

만화 송상수
글 송상수, 북로망스 편집팀
책임편집 양수진
디자인 박도담
콘텐츠 그룹 한나비 이현주 김지연 전연교 박영현 장수연 이진표

펴낸이 전승환
펴낸곳 북로망스
신고번호 제2019-00045호
이메일 book_romance@naver.com

ISBN 979-11-91891-25-6 03810